맥을 읽는 여성 한의사

맥을 읽는 여성 한의사

발행일	2025년 9월 15일
지은이	김은영, 조은별희
펴낸이	손형국
펴낸곳	(주)북랩

출판등록	2004. 12. 1(제2012-000051호)
주소	서울특별시 금천구 가산디지털 1로 168, 우림라이온스밸리 B동 B111호, B113~115호
홈페이지	www.book.co.kr
전화번호	(02)2026-5777　　　　　　팩스　(02)3159-9637
ISBN	979-11-7224-843-7 03810 (종이책)　　979-11-7224-844-4 05810 (전자책)

잘못된 책은 구입한 곳에서 교환해드립니다.
이 책은 저작권법에 따라 보호받는 저작물이므로 무단 전재와 복제를 금합니다.
이 책은 (주)북랩이 보유한 리코 장비로 인쇄되었습니다.

작가 연락처 문의 ▶ ask.book.co.kr

전용 게시판에 문의를 남기시면 저자에게 직접 전달됩니다.

(주)북랩 성공출판의 파트너

북랩 홈페이지와 SNS에서 다양한 출판 솔루션을 만나 보세요!

홈페이지 book.co.kr　　•　**블로그** blog.naver.com/essaybook　　•　**출판문의** text@book.co.kr
카톡채널 북랩

몸과 마음의 균형을 회복하는
여성 건강의 비밀

맥을 읽는 여성 한의사

김은영, 조은별희 지음

책을 시작하며

한의사의 길을 걷는다는 것은 단순히 병을 치료하는 일에 그치지 않습니다.

저에게 진맥은 '맥박' 이상의 의미를 지닙니다. 손끝에 전해지는 파동은 한 사람의 몸속 기혈의 흐름이자 그가 지나온 계절과 앞으로 맞이할 계절까지 품고 있는 이야기입니다.

저는 진료실에서 매일 수많은 여성의 사계를 만납니다.

사춘기의 봄처럼 설레지만 때로는 아픈 시절, 임신과 출산이라는 여름과 가을 그리고 폐경과 함께 찾아오는 겨울까지. 여성의 몸은 일생에 걸쳐 수많은 변화를 겪습니다. 그 변화의 중심에는 '맥'이 있습니다.

이 책은 제가 손끝으로 읽어 낸 여성의 삶과 그 치유의 여정을 담았습니다. 《27맥 전서》에 기록된 옛 명의의 지혜와 현대 의학과 디지털 맥진 기술이 함께 어우러져 만들어진 기록입니다. 여기에는 단순한 의학적 설명뿐 아니라, 환자 한 사람 한 사람의 체온과 눈빛 그리고 그들의 계절이 녹아 있습니다.

저는 믿습니다. 맥은 거짓말을 하지 않는다고.
맥은 우리 몸이 보내는 가장 솔직한 언어며, 그 언어를 이해하는 순간 우리는 몸과 마음이 원하는 치유의 길을 찾을 수 있습니다.

이 책이 독자 여러분께 '손끝의 언어'를 전해 주기를 바랍니다.

당신이 혹시 지금 몸과 마음의 불균형 속에서 길을 잃었다면, 여기 담긴 이야기 속에서 자신의 맥을 듣고, 다시 조화를 찾아가는 여정을 시작하시기를 바랍니다.

김은영 한의사 드림

책을 시작하며

저는 늘 손끝에서 사람의 이야기를 들었습니다.
맥은 단순한 파동이 아니라 한 사람의 지난 계절과 다가올 시간을 조용히 속삭이는 언어였습니다.

한의사로 살아오며 저는 수많은 여성의 손목 위에서 그들의 봄, 여름, 가을, 겨울을 만났습니다.

갓 스무 살을 넘긴 소녀의 설레고도 아픈 봄, 기다림과 설렘이 교차하는 여름, 새 생명을 품은 뒤 몸과 마음을 다시 채워 가는 가을 그리고 뜨겁고 차가운 기운이 함께 흐르는 겨울까지.
그 모든 계절이 맥 속에 담겨 있었습니다.

여성으로서 그리고 여성 환자와 마주하는 한의사로서 저는 몸과 마음이 겹겹이 얽힌 이야기를 풀어내고 싶었습니다.

그 속에는 의학의 언어와 그리고 서로를 이해하려는 따뜻한 마음이 함께 흐르길 바랐습니다.

이 책을 읽는 동안, 여러분도 자신의 맥을 조용히 짚어 보길 바랍니다.

그 속에서 들려오는 미묘한 울림이 여러분의 계절을 조금 더 편안하게, 조금 더 따뜻하게 이끌어 줄 거라 믿습니다.

조은별희 한의사 드림

프롤로그

원주시 구도심의 사거리 한 코너에 4층의 단독 건물의 한의원이 있다.
간판엔 '바른 한의원'이라는 다섯 글자가 걸려 있다.

이곳의 여원장, 영희 원장.
상지대학교 한의대 수석 졸업, 한의진맥연구회 수석 회원으로 주목받는 젊은 한의사.
하지만 그녀의 명성은 학력 때문이 아니었다.

영희 원장은 맥을 짚으면 환자의 몸과 마음의 역사까지 읽어 내는 능력이 있다는 소문이 돌았다.
누군가는 '타고난 재능'이라 했고, 누군가는 '기술과 감각의 극치'라 했다.
영희 원장은 웃으며 말하곤 했다.

"맥은 거짓말을 하지 않아요. 손끝에 담긴 건, 당신이 걸어온 길과… 지금 어디로 가고 있는지예요."

그녀의 책상 위에는 낡은 서책이 한 권 놓여 있었다.

《27맥 전서》.

수백 년 전, 어느 명의가 맥진의 모든 맥상을 27가지로 정리해 남겼다는 전설의 의서.

영희 원장은 이 책 속에서 여성의 삶, 그 사계절을 읽어 내고 싶었다.

목차

책을 시작하며   4
프롤로그   8

제1부   여인의 사계(四季)

1장   봄의 혈(월경) / 20
     붉은 달의 계절   21
     맥이 말해 주는 것   23
     치료   24

2장   여름의 혈(임신) / 25
     기다림의 무게   26
     손끝에 닿은 허약함   27
     충임맥의 길   28
     치료   29
     한여름의 기적   30

3장   가을의 혈(산후) / 31

　　바람이 스미는 계절　　　　　　　　32
　　손끝에 스민 어혈　　　　　　　　　33
　　산후풍과 마음　　　　　　　　　　34
　　치료　　　　　　　　　　　　　　　35
　　바람이 멈추는 날　　　　　　　　　36

4장   겨울의 혈(폐경) / 37

　　얼음 위의 불꽃　　　　　　　　　　38
　　손끝에 흐르는 뜨거움　　　　　　　39
　　폐경의 불균형　　　　　　　　　　40
　　치료　　　　　　　　　　　　　　　41
　　겨울의 고요　　　　　　　　　　　42

제2부   27맥의 비밀

1장   장맥(長脈), 강물처럼 흐르는 생명 / 44

　　바람과 강물　　　　　　　　　　　45
　　손끝에 닿은 여유　　　　　　　　　46
　　삶의 습관　　　　　　　　　　　　47
　　장맥의 의미　　　　　　　　　　　48
　　여유의 선물　　　　　　　　　　　49

2장   침맥(沈脈), 깊이 잠긴 신호 / 50

　　바다 밑의 조류　　　　　　　　　　51
　　깊숙이 잠긴 맥　　　　　　　　　　52
　　몸속의 한기　　　　　　　　　　　53

	치료	54
	바다 위로 떠오르는 물결	55

3장 현맥(弦脈), 활시위처럼 당겨진 마음 / 56

팽팽한 공기	57
손끝의 활시위	58
몸과 마음의 매듭	59
치료	60
줄이 풀린 활	61

4장 삽맥(澁脈), 끊기고 거친 흐름 / 62

매듭진 시간	63
거칠게 끊기는 맥	64
몸속의 막힘	65
치료	66
흐름이 풀리다	67

5장 홍맥(洪脈), 물결처럼 밀려오는 열기 / 68

숨 가쁜 여름	69
밀려드는 물결	70
몸의 불균형	71
치료	72
고요해진 물결	73

6장 삭맥(數脈), 숨 가쁘게 뛰는 마음 / 74

쉴 틈 없는 심장	75
손끝의 속도	76
속도의 원인	77
치료	78
고른 박동	79

7장　완맥(緩脈), 느슨하게 흐르는 시간 / 80

느린 아침　　　　　　　　　　　　　　81
손끝의 느슨함　　　　　　　　　　　　82
허약의 원인　　　　　　　　　　　　　83
치료　　　　　　　　　　　　　　　　84
다시 흐르는 시냇물　　　　　　　　　　85

8장　실맥(實脈), 가득 차오른 힘 / 86

무겁고 답답한 오후　　　　　　　　　　87
꽉 찬 손끝　　　　　　　　　　　　　88
넘치는 힘의 그림자　　　　　　　　　　89
치료　　　　　　　　　　　　　　　　90
고르게 흐르는 힘　　　　　　　　　　　91

9장　허맥(虛脈), 비어 있는 그릇 / 92

가벼운 숨　　　　　　　　　　　　　　93
비어 있는 맥　　　　　　　　　　　　　94
소모된 기와 혈　　　　　　　　　　　　95
치료　　　　　　　　　　　　　　　　96
그릇이 차오르다　　　　　　　　　　　97

10장　세맥(細脈), 가는 실 위의 생명 / 98

흐릿한 그림자　　　　　　　　　　　　99
가는 실 같은 맥　　　　　　　　　　　100
얇아진 기와 혈　　　　　　　　　　　101
치료　　　　　　　　　　　　　　　　102
굵어진 실　　　　　　　　　　　　　103

11장 현대와 고서의 교차 / 104

오래된 책과 새로운 기계	105
한 사람, 두 가지 기록	106
맞물린 처방	107
4주 후의 변화	108
교차점에서	109

12장 맥이 들려주는 마음의 병 / 110

웃고 있는 얼굴	111
손끝이 말해 주는 것	112
감정의 체온	113
치료	114
웃음의 온도	115

13장 부맥(浮脈), 물 위에 뜬 기운 / 116

몸 위로 번지는 바람	117
물 위에 떠 있는 맥	118
몸 밖의 싸움	119
치료	120
가라앉은 물결	121

14장 침세맥(沈細脈), 깊고 가느다란 그림자 / 122

거울 속의 거울	123
깊숙하고 가는 맥	124
몸속에 갇힌 한기	125
치료	126
녹아내린 얼음	127

15장 대맥(大脈), 넓게 흐르는 강물 / 128

여유로운 듯 무거운 걸음	129
넓고 부드러운 맥	130
넓은 속의 빈틈	131
치료	132
가벼워진 발걸음	133

16장 세맥(細脈), 작지만 남아 있는 숨결 / 134

잦아든 발걸음	135
작고 약한 맥	136
잃어버린 힘	137
치료	138
커지는 불씨	139

17장 유맥(濡脈), 젖은 흙처럼 느슨한 힘 / 140

장마 끝의 습기	141
느슨하고 약한 맥	142
습기의 덫	143
치료	144
마른 흙처럼	145

18장 약맥(弱脈), 가늘어진 기운 / 146

흐린 빛 속의 얼굴	147
부드럽지만 힘없는 맥	148
허약의 원인	149
치료	150
살아난 불씨	151

19장 긴맥(緊脈), 얼어붙은 줄 / 152

찬 기운이 감싼 몸	153
차갑고 팽팽한 맥	154
한기의 결박	155
치료	156
풀린 매듭	157

20장 현긴맥(弦緊脈), 팽팽한 활과 얼어붙은 줄 / 158

두 겹의 긴장	159
두 가지 맥이 한 손목에	160
냉기와 긴장의 공존	161
치료	162
부드러워진 흐름	163

21장 삭현맥(數弦脈), 팽팽하게 달리는 줄 / 164

과열된 하루	165
빠르고 팽팽한 맥	166
불타는 간기	167
치료	168
느려진 발걸음	169

22장 완실맥(緩實脈), 느린 무게 / 170

무거운 하루	171
느리지만 힘이 가득한 맥	172
막힌 흐름	173
치료	174
가벼워진 흐름	175

23장 활맥(滑脈), 구슬이 구르는 길 / 176

부드러운 미끄러짐	177
매끄럽게 이어지는 맥	178
새로운 생명의 신호	179
치료	180
구르는 구슬	181

24장 삽활맥(澁滑脈), 매끄러운 길 위의 돌멩이 / 182

애매한 불편함	183
부드러움 속의 거침	184
복합적인 원인	185
치료	186
고르게 흐르는 길	187

25장 허실착잡맥(虛實錯雜脈), 비어 있고 막혀 있는 몸 / 188

모순된 증상	189
허와 실이 공존하는 맥	190
상반된 몸의 사인	191
치료	192
균형의 회복	193

26장 촉맥(促脈), 불안한 가속 / 194

예고 없는 두근거림	195
불규칙한 속도	196
불안의 뿌리	197
치료	198
되찾은 박자	199

27장 결맥(結脈), 멈추는 심장 / 200

    뜻밖의 공백   201

    느리고 멈추는 맥   202

    막힌 흐름의 원인   203

    치료   204

    잇는 숨결   205

제3부   한의학적 통합 관리

맥상별 치료 원칙   208

여성 질환별 맥 패턴 분석   209

맥과 심리   210

자가 관리법: 기혈 순환을 돕는 생활 습관과 호흡법   210

에필로그   212

제1부

여인의 사계(四季)

1장

봄의 혈(월경)

붉은 달의 계절

비 오는 3월, 문이 열리고 여고생이 들어왔다.

교복 치마 아래로 다리를 움츠린 채, 손에는 따뜻한 팥찜질팩을 꼭 쥐고 있었다.

그녀의 이름은 수아, 19세.

"원장님, 생리통이 너무 심해서요…."

목소리는 힘이 없었고, 얼굴빛은 창백했다.

영희 원장은 말없이 진맥대를 꺼내고, 수아의 손목 위에 왼손 세 손가락을 얹었다.

손끝에 닿은 맥은 활시위처럼 팽팽했으나, 그 안의 흐름은 거칠게 끊겼다.

현맥(弦脈) 그리고 삽맥(澁脈).

현맥, 줄을 당긴 듯 단단하고 팽팽한 맥. 간기울결, 스트레스, 분노와 관련돼 있다.

삽맥, 거칠고 끊기는 듯한 맥. 혈허나 어혈, 체내 순환 장애를 시사한다.

"혹시, 생리 시작 전부터 가슴이 답답하거나 짜증이 자주 나나요?"

"네…. 친구들한테 괜히 화내고, 밤엔 잠도 잘 안 와요."

맥이 말해 주는 것

영희 원장은 진단을 내렸다.

"간기울결(肝氣鬱結)과 혈허(血虛)가 같이 있어요. 간의 기운이 막혀서, 혈이 제대로 순환하지 못하고 있네요."

수아는 고개를 갸웃했다.

"그게… 심각한 건가요?"

"당장 위험한 건 아니지만, 이대로 두면 월경불순, 난임, 심하면 자궁질환까지 이어질 수 있어요."

치료

영희 원장은 처방을 적었다.

> 간기소설(肝氣疏泄): 매서운 봄바람처럼 막힌 기를 풀어 준다.
> 보혈안신(補血安神): 메마른 들판에 비를 내리듯, 혈을 보충하고 마음을 안정시킨다.

"약은 2주분 드릴게요. 그리고…"
영희 원장은 작은 종이를 꺼내 적었다.

> 하루 15분 걷기
> 카페인 줄이기
> 월경 전 일주일, 자기 전에 복부 온찜질

수아는 종이를 받아 들며 조심스레 웃었다.
"원장님… 손이 참 따뜻하시네요."

영희 원장은 미소로 답했다.
"당신의 봄이, 조금 덜 아프길 바랄게요."

2장

여름의 혈(임신)

기다림의 무게

초여름의 오후, 창밖에서 매미가 울고 있었다.
진료실 문이 열리자, 30대 초반의 여성이 조심스럽게 들어왔다.

정은, 32세.
한 번은 임신 8주 차에 유산, 두 번째는 11주 차에 또 같은 일이 반복됐다.

"원장님, 제가 뭘 잘못하고 있는 걸까요…?"

그녀의 눈빛은 오래된 슬픔으로 젖어 있었다.

손끝에 닿은 허약함

영희 원장 정은의 왼쪽 손목을 가볍게 잡았다.

손끝에 느껴진 맥은 가늘고 약했다. 허맥(虛脈).
그리고 잘게 부서지는 듯한 세맥(細脈)이 함께 느껴졌다.

허맥, 힘이 없고 느슨한 맥. 기와 혈이 모두 부족한 상태.
세맥, 가늘고 가는 실처럼 느껴지는 맥. 혈허·음허를 시사.

맥은 마치 바람 빠진 풍선 같았다.
피와 기운이 모자라 뱃속의 생명을 오래 지탱하지 못했던 것이다.

충임맥의 길

"정은 씨, 혹시 '충맥'과 '임맥' 들어 본 적 있어요?"

"아니요…."

영희 원장은 차트를 꺼내 간단히 그림을 그렸다.

충맥(衝脈), '혈의 바다'. 자궁과 난소에 영양을 공급하는 혈관의 중심 경락.
임맥(任脈), 모든 음맥의 근원. 여성의 생식 기능을 주관하는 경락.

"충맥과 임맥이 튼튼해야 임신이 안정돼요. 그런데 정은 씨는 이 두 맥이 모두 약해요."

치료

영희 원장은 처방을 적었다.

보혈(補血): 당귀, 숙지황, 백작약
보신(補腎): 산수유, 구기자, 토사자
안태(安胎): 속단, 아교, 황기

"세 달 동안 몸을 충분히 쉬게 하고, 이 약으로 기혈과 신장을 보강하세요. 그리고… 자신을 조금만 더 믿어 주세요."

한여름의 기적

치료 두 달째, 정은의 맥은 조금씩 힘을 되찾았다.
허맥이 부드러운 장맥으로, 세맥이 온기가 느껴지는 완맥으로 변했다.
그리고 세 번째 임신 소식이 전해졌다.

진료실 안, 영희 원장은 조심스럽게 맥을 짚었다.

아기의 심장 소리가 어머니의 맥박과 함께 손끝에서 뛰었다.

"이번에는… 잘 지켜 줄 거예요."

정은의 눈가에 눈물이 고였다.
이번 여름은, 기다림이 아닌 시작의 계절이었다.

3장

가을의 혈(산후)

바람이 스미는 계절

가을바람이 서늘하게 불어오는 10월, 갓난아기를 안고 한 여성이 한의원 문을 열었다.

미경, 34세. 출산한 지 3개월.

"원장님… 온몸이 시리고, 밤마다 눈물이 나요."

그녀의 목소리는 마치 바람에 젖은 낙엽처럼 떨리고 있었다.

손끝에 스민 어혈

영희 원장은 아기를 간호사에게 맡기고, 미경의 손목을 살폈다.
맥은 거칠게 끊기면서도 느슨했다.

삽맥(澁脈)과 완맥(緩脈)이 동시에 느껴졌다.

삽맥, 혈액 흐름이 매끄럽지 않고, 응어리져 막힌 듯한 맥. 주로 어혈·혈허에서 나타난다.
완맥, 느리고 부드러운 맥. 기혈이 허하고, 신체 회복 속도가 느린 상태.

손끝의 감촉은 마치 얇은 실이 여기저기 엉켜 매듭이 진 것 같았다.
출산으로 기혈이 크게 소모되고, 남은 어혈이 몸 안에서 순환을 방해하고 있었던 것이다.

산후풍과 마음

"밤에 아기 재우고 나면 가슴이 답답하고 숨이 막히는 느낌이 들어요."

"그럴 땐 눈물이 날 때도 있죠?"

"… 네."

영희 원장은 조용히 고개를 끄덕였다.
기혈허손과 어혈은 단순히 몸만 힘들게 하는 게 아니라, 마음까지 차갑게 만든다.
한방에서는 이를 심혈허(心血虛)와 간기울결(肝氣鬱結)이 겹친 상태로 본다.

치료

영희 원장은 처방을 적었다.

보혈안신(補血安神): 숙지황, 당귀, 산조인, 원지
활혈거어(活血祛瘀): 천궁, 홍화, 유향
온경산한(溫經散寒): 육계, 애엽, 건강

그리고 침 치료 부위를 골랐다.

관원(關元), 삼음교(三陰交), 혈해(血海): 기혈 보강, 백회(百會): 심신 안정

"몸이 차가우면 마음도 차가워집니다. 따뜻하게 하고 천천히 회복해 나가야 해요."

바람이 멈추는 날

치료 한 달 뒤, 미경은 한층 밝아진 얼굴로 들어왔다.

"밤에 울지 않고 자는 날이 많아졌어요. 몸이 덜 시려요."

영희 원장은 맥을 짚었다.
거친 삽맥은 거의 사라지고, 완맥이 부드러운 장맥으로 변하고 있었다.

진료를 마치고, 아기를 품에 안은 미경은 웃으며 말했다.

"원장님, 제 가을이… 이제 좀 따뜻해진 것 같아요."

그 말에 영희 원장은 가만히 고개를 끄덕였다.
가을은 차갑지만, 따뜻한 햇살이 스며드는 계절이기도 하니까.

4장

겨울의 혈(폐경)

얼음 위의 불꽃

겨울비가 내리는 12월, 검은 코트를 입은 한 여성이 한의원 문을 열었다.

선화, 54세.

"원장님, 자꾸 얼굴이 달아올라서 땀이 나고, 밤에는 잠을 못 자겠어요."

그녀의 얼굴은 붉게 상기돼 있었지만, 손끝은 서늘했다.

손끝에 흐르는 뜨거움

영희 원장은 선화의 맥을 짚었다.
손끝으로 전해진 박동은 크고 뜨거웠다.

홍맥(洪脈) 그리고 빠른 삭맥(數脈).

홍맥, 넓고 힘차게 뛰며, 물결이 치듯 밀려오는 맥. 열이 성하거나 음이 부족한 경우 나타난다.
삭맥, 정상보다 빠른 맥. 열성 질환, 혹은 음허화왕 상태에서 자주 보인다.

맥의 흐름은 마치 얼음 위에서 활활 타오르는 불꽃 같았다.
겉은 뜨겁지만 속은 지나치게 차고 메마른 상태.

이는 한방에서 음허화왕(陰虛火旺)이라 부른다.

폐경의 불균형

"밤에 자다가 덥다고 자주 깨지 않나요?"

"네…. 그러다 새벽이면 또 몸이 으슬으슬 추워져요."

"혹시 심장이 두근거리거나 예민해진 적도 있으세요?"

"요즘은 사소한 일에도 화가 나요."

폐경기는 음(陰)이 자연스럽게 줄어드는 시기다.
하지만 음이 급격히 부족해지면 그 빈자리를 열이 채우며 몸과 마음이 불안정해진다.

치료

영희 원장은 처방을 적었다.

자음강화(滋陰降火): 생지황, 맥문동, 백합
청열안신(淸熱安神): 황련, 산조인, 원지
평간잠양(平肝潛陽): 백작약, 구판

침 치료 부위

신수(腎兪), 태계(太谿): 신음 보강
합곡(合谷), 곡지(曲池): 열 내림
인중(印堂): 심신 안정

"불을 꺼야 하는데, 물이 부족한 상태예요. 물을 채우고, 불길을 가라앉히면 편안해집니다."

겨울의 고요

치료 6주째, 선화의 얼굴빛이 한결 부드러워졌다.

"밤에 두 번밖에 안 깨요. 땀도 줄었어요."

영희 원장은 맥을 짚었다.
홍맥은 잦아들었고, 삭맥은 정상 범위로 내려왔다.
불꽃은 사라지고, 고요한 겨울 강물처럼 맥이 흘렀다.

선화는 웃으며 말했다.

"원장님, 제 겨울이… 너무 덥지도, 너무 춥지도 않아요."

그 말에 영희 원장은 미소 지었다.
계절은 바뀌어도 몸의 조화는 다시 찾아올 수 있다는 걸 알고 있었으니까.

제2부

27맥의 비밀

1장

장맥(長脈),
강물처럼 흐르는 생명

바람과 강물

초봄의 강변길, 바람이 부드럽게 불어왔다.
한의원 문을 연 여인은 40대 후반, 긴 머리를 단정히 묶고 있었다.

혜정, 48세.

"원장님, 특별히 아픈 곳은 없는데, 건강검진 때마다 사람들이 놀라요. 혈압도 정상, 혈당도 정상, 폐경도 아직 멀었다고요."

영희 원장은 웃으며 손짓했다.

"그럼 맥을 한번 봅시다."

손끝에 닿은 여유

영희 원장의 손끝에 전해진 맥은 길고 유연했다.

장맥(長脈).

장맥, 길고 부드러우며 끊임없이 이어지는 맥. 기혈이 충만하고 음양이 조화로울 때 나타난다.

동의보감에서는 이를 장수의 맥이라 기록했다.
맥의 흐름은 마치 큰 강물이 잔잔히 흘러가듯 급하지도, 끊기지도, 과하지도 않았다.

삶의 습관

"평소 생활이 규칙적이시죠?"

"네, 매일 새벽에 강변 걷기를 해요. 채식 위주로 먹고, 술·담배는 안 해요."

영희 원장은 고개를 끄덕였다.
장맥은 단순한 유전이 아니라 심신의 조화를 지켜 온 세월의 결과였다.

장맥의 의미

영희 원장은 환자에게 말했다.

"장맥은 단순히 건강하다는 뜻이 아니라 몸과 마음이 균형을 이뤘다는 증거예요. 이런 맥은 갑작스러운 질병에도 회복이 빠릅니다."

혜정은 웃었다.

"그럼 저는 앞으로도 오래 살겠네요?"

"네, 다만 강물도 돌부리에 막히면 범람하듯, 스트레스나 과로는 피하세요."

여유의 선물

혜정이 돌아간 뒤, 영희 원장은 한참 동안 손끝의 감각을 떠올렸다.

장맥을 느낄 때마다 사람의 삶이 손끝에 녹아든 듯한 따뜻함이 전해졌다.

그건 단순한 의학이 아니라 한 사람의 시간과 마음이 만들어 낸 예술이었다.

2장

침맥(沈脈), 깊이 잠긴 신호

바다 밑의 조류

늦가을 오후, 진료실 문이 열렸다.

지현, 39세.
그녀는 두꺼운 카디건을 입고 있었지만, 손끝은 얼음처럼 차가웠다.

"원장님, 아랫배가 자주 차갑고, 생리 양도 적어요. 가끔은 허리가 시린 것 같아요."

깊숙이 잠긴 맥

영희 원장이 손목 위에 손을 올리자, 맥이 잘 느껴지지 않았다.
손가락을 더 깊이 눌러야 비로소 약한 파동이 전해졌다.

침맥(沈脈)이었다.

침맥(沈脈), 손가락을 깊이 눌러야 느껴지는 맥. 주로 체내 한(寒)이 깊거나 기혈이 내부로 잠겨 있을 때 나타난다.

맥은 바다 밑 깊숙이 숨어 있는 조류 같았다.
표면은 잔잔하지만, 속에서는 한기가 감돌았다.

몸속의 한기

"혹시 손발이 차고, 겨울이면 증상이 심해지나요?"

"네, 특히 생리 전에는 손발이 얼음장 같아요."

"평소 물도 찬 걸 좋아하시나요?"

"… 네, 얼음물 없으면 안 돼요."

영희 원장은 고개를 저었다.

"그게 몸속의 불씨를 꺼뜨린 거예요. 자궁이 따뜻해야 혈이 잘 돌고, 월경도 순조로워집니다."

치료

처방 방향

온경산한(溫經散寒)+보혈(補血)

애엽, 육계, 건강: 한기 제거

당귀, 천궁: 혈액 순환

황기: 기력 보강

침 치료 부위

관원(關元), 기해(氣海): 자궁 온기 보강

삼음교(三陰交): 하복부 혈류 개선

"찬 음식과 음료는 당분간 금하세요. 매일 온찜질을 하고, 하체를 따뜻하게 유지하세요."

바다 위로 떠오르는 물결

한 달 뒤, 지현은 얼굴빛이 한층 밝아져 있었다.

"손발이 덜 차고, 생리통이 줄었어요."

영희 원장이 맥을 짚으니, 침맥은 여전히 깊었지만 훨씬 힘이 있었다. 바다 밑의 조류가 서서히 수면 위로 올라오고 있었다.

3장

현맥(弦脈), 활시위처럼 당겨진 마음

팽팽한 공기

늦은 봄, 창밖의 나무들이 연둣빛으로 물든 날.
진료실 문이 급하게 열렸다.

민서, 29세.

"원장님, 요즘 숨이 답답하고, 사소한 일에도 화가 납니다. 생리 전에 특히 심해요."

민서의 말투는 빠르고, 눈빛은 불안정하게 흔들렸다.

손끝의 활시위

영희 원장은 민서의 손목 위에 세 손가락을 얹었다.
손끝에 전해진 맥은 단단하고 곧았다.
마치 활시위를 당겼다 놓기 직전의 팽팽함.

현맥(弦脈)이었다.

현맥(弦脈), 단단하고 곧게 뻗은 맥. 주로 간기울결, 스트레스, 분노, 통증 등에서 나타난다.

맥 결은 일정했지만 유연함이 없었다.
마치 조금만 힘을 더 주면 끊어질 것처럼 날카로운 긴장감이 느껴졌다.

몸과 마음의 매듭

"혹시 어깨나 목이 자주 뻣뻣하지 않나요?"

"네, 자주 두통도 와요."

"평소에 속이 더부룩하거나 한숨을 자주 쉬는 편이죠?"

"… 맞아요."

간기울결(肝氣鬱結), 간의 기운이 막히면 기혈 순환이 저하되고, 감정이 쉽게 억눌린다.
이 상태가 지속되면 월경 전 증후군, 불면, 소화 불량으로 이어진다.

치료

> **처방 방향**
>
> 소간이기(疏肝理氣)+안신(安神)
> 시호, 향부자: 간의 기를 풀어 줌
> 백작약: 간혈 보강
> 산조인, 원지: 마음 안정
>
> **침 치료 부위**
>
> 태충(太衝): 간기 순환
> 합곡(合谷): 전신 기순환
> 신문(神門): 불안 완화

"긴장된 줄을 풀어야 합니다. 호흡을 깊게 하고, 걷기나 스트레칭을 매일 해 주세요."

줄이 풀린 활

치료 2주 뒤, 민서의 표정은 한결 부드러워졌다.

"요즘은 화가 나도 금방 가라앉아요. 두통도 덜하고요."

영희 원장이 맥을 짚자, 팽팽했던 현맥이 부드럽게 풀려 있었다. 활시위가 제자리를 찾아, 더 이상 과도하게 당겨지지 않았다.

4장

삽맥(澁脈), 끊기고 거친 흐름

매듭진 시간

초겨울 아침, 진료실로 들어온 여인은 턱까지 목도리를 두르고 있었다.

수진, 36세.

"원장님… 결혼한 지 4년 됐는데, 아직 아이가 없어요. 병원에서 검사는 다 했는데 이상이 없대요. 그런데도…"

그녀의 목소리에는 오래된 불안과 체념이 섞여 있었다.

거칠게 끊기는 맥

영희 원장이 손목 위에 손끝을 올리자, 맥은 일정하게 흐르지 않고 중간중간 걸렸다.

부드럽게 흐르던 물줄기에 자갈이 끼어 흐름이 막힌 듯.

삽맥(澁脈)이었다.

삽맥(澁脈), 맥이 거칠고 끊기는 듯 느껴지는 맥상.

혈액의 흐름이 원활하지 않거나, 혈허·어혈이 있는 경우 나타난다.

몸속의 막힘

"혹시 생리 양이 적고, 색이 어둡거나 덩어리가 있나요?"

"네, 항상 그렇고, 허리도 무겁고 아파요."

"평소 추위를 많이 타시죠?"

"네…. 손발이 항상 차요."

영희 원장은 차트를 덮고 말했다.

"이건 몸속에 오래된 어혈과 혈허가 같이 있는 경우예요. 씨앗을 심어도 흙이 메말라 있으면 싹이 잘 안 나는 것과 같죠."

치료

> **처방 방향**
>
> 활혈거어(活血祛瘀)+보혈온궁(補血溫宮)
>
> 당귀, 천궁, 홍화: 혈액 순환 개선
>
> 애엽, 육계: 자궁 온기 회복
>
> 숙지황, 백작약: 혈 보강
>
> **침 치료 부위**
>
> 관원(關元), 기해(氣海): 하복부 온기
>
> 혈해(血海): 혈 순환
>
> 삼음교(三陰交): 자궁 기능 강화

"하복부는 항상 따뜻하게 하고, 차가운 음식과 음료는 피하세요. 매일 20분 이상 걷고, 자기 전에는 복부 온찜질을 하세요."

흐름이 풀리다

치료 석 달째, 수진의 맥에서 거친 매듭이 사라지고 있었다.
부드럽게 이어지는 맥 결은 마치 얼었던 강이 녹아 흐르기 시작한 듯했다.

그리고, 그해 봄, 수진은 조심스럽게 소식을 전해 왔다.

"원장님… 저… 임신했어요."

영희 원장은 미소 지으며 손끝에 남아 있는 그날의 부드러운 맥 결을 떠올렸다.
삽맥이 풀린 날, 이미 새로운 생명의 길이 열리고 있었음을 알고 있었다.

5장

홍맥(洪脈), 물결처럼 밀려오는 열기

숨 가쁜 여름

7월의 찌는 듯한 더위 속, 한 여성이 한의원 문을 열었다.

영선, 45세.

"원장님, 요즘은 숨이 차고, 땀이 너무 많이 나요. 밤에도 열이 확 올라서 잠을 잘 못 자요."

그녀의 얼굴은 벌겋게 달아올라 있었고, 이마에는 땀이 맺혀 있었다.

밀려드는 물결

영희 원장이 손목에 손끝을 올리자, 넓고 힘찬 파동이 마치 강물이 한 번에 밀려왔다가 빠져나가는 듯했다.

홍맥(洪脈)이었다.

홍맥(洪脈), 힘차고 넓으며 물결이 치듯 밀려오는 맥. 주로 열성 질환, 음허화왕, 혹은 양명병(陽明病)에서 나타난다.

홍맥은 순간적으로 확 밀려오고, 곧 빠져나가며 여운을 남겼다.
마치 더위 속 파도처럼.

몸의 불균형

"혹시 심장이 두근거리고, 쉽게 피로해지나요?"

"네, 조금만 걸어도 숨이 차요."

"생리 주기는 일정한가요?"

"최근에 불규칙해졌어요."

영선의 연령대에서 홍맥은 여성의 폐경을 전후로 자주 나타난다.
음혈(陰血)이 줄어든 자리를 열이 차지하며, 몸과 마음이 과도하게 달아오른 상태.
이는 갑상선 기능 항진이나 고혈압과 연관되기도 한다.

치료

> **처방 방향**
>
> 자음강화(滋陰降火)+청열안신(淸熱安神)
>
> 생지황, 맥문동, 백합: 음 보충
>
> 황련, 치자: 열 내림
>
> 산조인, 원지: 불면 완화
>
> **침 치료 부위**
>
> 태계(太谿), 삼음교(三陰交): 신음 보강
>
> 곡지(曲池), 합곡(合谷): 열성 제거
>
> 신문(神門): 심신 안정

"불이 지나치게 번지고 있어요. 물을 채우고, 불을 가라앉히면 숨도 편해지고 잠도 잘 오실 거에요."

고요해진 물결

치료 한 달 후, 영선의 얼굴빛은 부드럽게 가라앉았다.

"밤에 잘 자고, 땀이 줄었어요. 걷기도 훨씬 편해졌고요."

영희 원장이 맥을 짚으니, 홍맥의 거센 물결이 잦아들고 온화한 완맥으로 변해 있었다.
여름의 폭우가 지난 뒤, 강물은 고요하게 흘렀다.

6장

삭맥(數脈), 숨 가쁘게 뛰는 마음

쉴 틈 없는 심장

늦여름 오후, 한 여성이 땀에 젖은 셔츠 차림으로 들어왔다.

하영, 34세.

"원장님, 요즘 심장이 자주 두근거리고, 조금만 걸어도 숨이 차요. 잠도 잘 안 와요."

그녀는 의자에 앉자마자 깊게 숨을 몰아쉬었다.

손끝의 속도

영희 원장이 손목을 잡자, 맥은 빠르게 뛰며 손끝을 재촉했다.

삭맥(數脈)이었다.

삭맥(數脈), 정상보다 빠른 맥. 열성 질환, 음허화왕, 빈혈, 갑상선 기능 항진, 심리적 긴장 상태에서 자주 나타난다.

맥 결이 마치 달려오는 말발굽 소리처럼 거세고 빠르게 이어졌다.

속도의 원인

"혹시 체중이 줄거나 식욕이 변했나요?"

"네⋯. 한 달 새에 3kg 빠졌어요. 땀도 많이 나고요."

"혹시 갑상선 검사는 해 보셨나요?"

"⋯ 예전에 경계 수치라고 들었어요."

삭맥은 체온 상승과 대사 항진 상태에서 자주 나타난다.

여성의 경우, 갑상선 이상·빈혈·갱년기 열성 증상과도 연결된다.

치료

처방 방향

자음청열(滋陰淸熱)+안신지심(安神止心)

생지황, 맥문동: 음 보강

황련, 치자: 열 내림

산조인, 원지: 심신 안정

침 치료 부위

신문(神門), 내관(內關): 심계·불면 완화

태계(太谿): 신음 보강

곡지(曲池): 열성 제거

"속도가 너무 빠르면 몸도 금방 지쳐요. 숨을 고르게 쉬고, 따뜻한 음식으로 몸의 기운을 채우세요."

고른 박동

치료 3주째, 하영의 숨은 한결 편안해졌다.

"심장이 덜 두근거리고, 잠도 좀 늘었어요."

영희 원장이 맥을 짚으니 빠르던 삭맥은 정상 범위로 내려오고, 부드러운 완맥으로 변해 있었다.
마치 달리던 말이 목적지에 도착해 편안히 숨을 고른 듯했다.

7장

완맥(緩脈), 느슨하게 흐르는 시간

느린 아침

늦봄의 한 오전, 진료실 문이 조심스레 열렸다.

선미, 42세.

"원장님… 요즘 몸이 무겁고, 하루 종일 피곤해요. 밥맛도 없고, 변도 묽어요."

그녀의 말투와 걸음걸이마저 힘이 없어 보였다.

손끝의 느슨함

영희 원장이 손목 위에 손을 올리자, 맥이 느리고 완만하게 흘렀다. 탄력은 있지만 힘이 과하지 않고, 부드럽게 이어졌다.

완맥(緩脈)이었다.

완맥(緩脈), 느리고 부드러운 맥. 건강한 사람에게도 나타날 수 있지만, 기혈 허약, 소화기 기능 저하, 만성 피로 상태에서 자주 보인다.

그 맥 결은 마치 봄날의 느린 시냇물처럼 흘렀다. 그러나 속도와 온기가 부족했다.

허약의 원인

"혹시 식사량이 줄거나 체중이 빠졌나요?"

"네, 몇 달 동안 조금씩 빠졌어요."

"아침에 일어나도 피곤하고, 오후에 더 무기력해지죠?"

"… 네, 딱 그래요."

이는 기혈이 충분히 생성되지 않아 전신에 에너지가 잘 공급되지 않는 상태였다.
특히 비위(脾胃)의 허약으로 소화 흡수력이 떨어진 것이 원인이었다.

치료

처방 방향

건비익기(健脾益氣)+보혈(補血)

황기, 인삼: 기 보강

백출, 복령: 비위 강화

당귀, 숙지황: 혈 보충

침 치료 부위

족삼리(足三里): 소화 기능 강화

비수(脾兪), 위수(胃兪): 비위 보강

관원(關元): 기력 보충

"몸이 지나치게 느슨해져 있다는 신호입니다. 따뜻한 음식으로 기운을 보충하고, 가벼운 운동으로 몸의 활력을 높이세요."

다시 흐르는 시냇물

한 달 후, 선미의 맥은 여전히 부드럽지만 속도와 힘이 조금 더 붙어 있었다.

"아침에 눈이 잘 떠지고, 식욕도 돌아왔어요."

영희 원장은 미소 지었다.
느린 시냇물에 다시 봄비가 내려, 맑고 힘찬 흐름을 되찾은 듯했다.

8장

실맥(實脈), 가득 차오른 힘

무겁고 답답한 오후

초가을, 하늘은 높고 맑았지만, 진료실 공기는 묵직했다.

정화, 50세.

"원장님, 머리가 자주 무겁고, 혈압이 높아요. 요즘은 어깨까지 뻐근해요."

그녀는 앉아 있는 것만으로도 힘이 넘치는 듯 보였지만, 그 힘이 어딘가 막혀 있는 느낌이었다.

꽉 찬 손끝

영희 원장이 손목 위에 손끝을 올리자, 탄력 있고 단단한 맥이 손끝을 밀어 올렸다.

밀려오는 힘이 균일하고 강했다.

실맥(實脈)이었다.

실맥(實脈), 힘이 가득하고 단단한 맥. 보통 체내에 열·담·어혈이 쌓이거나 스트레스·긴장 상태가 지속될 때 나타난다.

이 맥은 마치 물이 가득 찬 강줄기가 둑에 부딪히는 듯한 압력을 품고 있었다.

넘치는 힘의 그림자

"혹시 두통이나 어지럼증이 자주 있나요?"

"네, 특히 스트레스받으면 더 심해져요."

"변비나 속 더부룩함은요?"

"둘 다 있어요."

실맥은 단순한 '건강한 힘'이 아니라, 막히고 쌓인 기운의 결과일 수 있다. 정화의 경우, 고혈압과 스트레스 그리고 간담의 울체가 그 원인이었다.

치료

> **처방 방향**
>
> 청열사화(淸熱瀉火)+이기활담(理氣化痰)
>
> 황련, 황금: 상열 내림
>
> 반하, 진피: 담 제거
>
> 치자, 시호: 간기 순환
>
> **침 치료 부위**
>
> 태충(太衝), 합곡(合谷): 기 순환
>
> 풍지(風池): 두통 완화
>
> 내관(內關): 흉부 답답함 완화

"지금은 힘이 넘치지만, 그 힘이 잘못된 곳에 쌓여 있습니다. 길을 터주면 혈압과 두통이 한결 편안해질 거에요."

고르게 흐르는 힘

치료 2주 후, 정화의 얼굴빛이 한결 가벼워졌다.

"머리 무거운 게 많이 줄었어요. 어깨도 덜 뻐근하고요."

영희 원장이 맥을 짚자, 실맥의 압력은 부드럽게 풀리고, 넘치던 강물은 유연하게 흘러가고 있었다.

9장

허맥(虛脈), 비어 있는 그릇

가벼운 숨

초겨울 아침, 진료실로 들어온 여인은 창백한 얼굴에 두꺼운 목도리를 감고 있었다.

세린, 38세.

"원장님, 아침에 일어나기가 힘들고, 하루 종일 기운이 없어요. 생리 양도 줄고, 어지럼증이 자주 와요."

그녀는 의자에 앉자마자 두 손을 무릎 위에 놓고 깊게 숨을 내쉬었다.

비어 있는 맥

영희 원장이 손목 위에 손끝을 올리자, 맥이 느슨하고 힘이 없었다. 밀어 올리는 기운이 약해, 손끝에 가볍게 닿을 뿐이었다.

허맥(虛脈)이었다.

허맥(虛脈), 힘이 없고 느슨한 맥. 기혈 부족, 만성 피로, 출산·질병 후 회복기에 자주 나타난다.

이 맥은 마치 내용물이 거의 비어 있는 그릇처럼 가볍고 텅 빈 느낌이었다.

소모된 기와 혈

"혹시 최근에 큰 병을 앓거나, 출산을 하셨나요?"

"작년에 둘째를 낳고, 산후조리를 제대로 못 했어요."

"식사량은 어떠세요?"

"입맛이 없고, 조금만 먹어도 배가 불러요."

세린은 출산 후 기혈이 회복되지 못한 상태였다.
그 결과, 몸의 에너지가 고갈돼 일상적인 활동마저 버거운 상황이었다.

치료

처방 방향

보중익기(補中益氣)+보혈(補血)

인삼, 황기: 기력 보충

당귀, 숙지황: 혈 보충

백출, 복령: 소화 흡수력 강화

침 치료 부위

관원(關元), 기해(氣海): 기 보강

족삼리(足三里): 전신 강화

삼음교(三陰交): 혈 보강

"몸의 창고를 비운 채로 달릴 수는 없습니다. 먼저 창고를 채우고, 그다음에 힘을 쓰셔야 해요."

그릇이 차오르다

치료 한 달 후, 세린의 맥은 조금씩 힘을 되찾고 있었다.

"아침에 눈이 더 잘 떠지고, 걸을 힘이 생겼어요."

영희 원장은 미소 지었다.
텅 비어 있던 그릇이 서서히 채워져, 다시 쓰임을 준비하는 순간이었다.

10장

세맥(細脈), 가는 실 위의 생명

흐릿한 그림자

늦가을 오후, 흐린 하늘 아래서 한 여인이 들어왔다.

윤아, 31세.

"원장님, 요즘 너무 피곤하고, 조금만 서 있어도 어지러워요. 생리도 양이 적고, 얼굴이 자꾸 창백해져요."

그녀는 앉아 있는 내내 숨을 고르듯 가늘게 호흡했다.

가는 실 같은 맥

영희 원장이 손목 위에 손끝을 올리자, 마치 가느다란 실이 손끝을 스치듯 미약하게 뛰었다.

세맥(細脈)이었다.

세맥(細脈), 가늘고 약하며 미세하게 뛰는 맥. 주로 혈허·음허, 체력 저하, 영양 결핍, 과도한 정신적 피로에서 나타난다.

그 느낌은 마치 바람에 흔들리는 거미줄 위의 작은 물방울처럼 위태로웠다.

얇아진 기와 혈

"혹시 다이어트를 하셨나요?"

"네, 반년 동안 식사를 줄였어요. 체중은 8kg 정도 빠졌어요."

"그 후로 더 피곤해지고, 생리 양도 줄었죠?"

"… 맞아요."

과도한 체중 감량으로 기와 혈이 함께 약해진 상태였다.
몸의 에너지가 줄면 혈액도 충분히 만들어지지 않아, 전신이 힘을 잃는다.

치료

처방 방향

보혈(補血)+익기(益氣)

당귀, 숙지황: 혈 보강

황기, 인삼: 기력 회복

백작약, 구기자: 간혈 보충

침 치료 부위

삼음교(三陰交), 혈해(血海): 혈 순환 촉진

관원(關元): 기 보강

"지금은 체중이 아니라, 기와 혈을 회복하는 게 먼저입니다. 3개월은 안정된 식사와 충분한 휴식을 하세요."

굵어진 실

치료 두 달 후, 윤아의 얼굴에는 혈색이 돌기 시작했다.

"요즘은 계단도 덜 힘들고, 생리 양도 예전보다 늘었어요."

영희 원장이 맥을 짚으니, 가느다란 실 같던 세맥이 조금은 두터워지고 탄력이 생겨 있었다.
가는 실 위에서 흔들리던 생명이 이제는 튼튼한 줄 위에 굳게 뿌리를 내리며 자리했다.

11장

현대와 고서의 교차

오래된 책과 새로운 기계

진료실 한쪽, 유리 진열장 속에 놓인 낡은 책 한 권.

《의학입문(醫學入門)》. 중국 명나라 이천(李梴)이 1575년에 지은 한의학 서적.

그 옆에는 반짝이는 최신 디지털 맥진기, 링맥(RingMac)이 자리하고 있었다.

영희 원장은 늘 두 가지 도구를 함께 사용했다.

하나는 스승에게 전해 받은 전통의 손끝 감각, 또 하나는 AI가 24시간 맥 변화를 분석하는 데이터.

한 사람, 두 가지 기록

그날 진료를 받은 환자는 채연, 44세.

"원장님, 저는 갱년기인지 요즘 더위도 많이 타고, 가슴이 두근거려요."

영희 원장은 먼저 손끝으로 맥을 짚었다.

손끝에 닿은 것은 홍맥과 약간의 삭맥.
다음으로 링맥에 손을 얹히자, 화면에는 '맥박수: 92회/분', '자율신경 활성도: 교감신경 우위', '열성 패턴'이 표시되었다.

홍맥+삭맥 → 음허화왕, 갱년기 열성 증상
AI 분석 → 심박수 상승, 자율신경 불균형, 체온 상승

전통과 현대의 진단이 같은 결론에 도달했다.

맞물린 처방

영희 원장은 처방을 작성했다.

전통 한약: 자음강화(滋陰降火)+청열안신(淸熱安神)
생활 지도: 오후 3시 이후 카페인 금지, 취침 전 심호흡 10분
디지털 모니터링: 링맥 착용 후 하루 6회 측정, 변화 기록

"AI가 기록한 수치와 제 손끝에서 느낀 맥이 일치하면, 치료 속도와 방향을 더 정확하게 조절할 수 있어요."

4주 후의 변화

한 달 뒤, 채연은 땀이 줄고, 두근거림이 완화되었다.
링맥 기록은 평균 심박수 92 → 78로 감소, 체온 변동 폭도 절반으로 줄었다.

손끝에 닿은 맥은 부드럽고 안정된 완맥으로 변해 있었다.

교차점에서

영희 원장은 《고방맥법집》을 덮고, 링맥 화면을 껐다.

"전통은 뿌리, 현대는 가지. 가지가 뻗어도 뿌리가 튼튼해야 나무가 무너지지 않아요."

그녀는 오늘도 두 가지 도구를 번갈아 쓰며, 한 사람의 몸과 마음속에서 흐르는 '맥의 언어'를 읽어 내고 있었다.

12장

맥이 들려주는 마음의 병

웃고 있는 얼굴

늦은 오후, 진료실 문이 열리고 환하게 웃는 여성이 들어왔다.

다혜, 33세.

"원장님, 특별히 아픈 데는 없는데… 요즘 그냥 마음이 가라앉아요."

그녀는 환하게 웃었지만, 그 미소는 얇은 유리처럼 깨질 듯 위태로웠다.

손끝이 말해 주는 것

영희 원장이 손목 위에 손끝을 올리자, 맥은 일정한 리듬 속에 긴장감이 숨어 있었다.
평탄하게 흐르다가 순간 팽팽해지고, 다시 느슨해지는 패턴.

현맥(弦脈)과 세맥(細脈)이 번갈아 나타났다.

현맥: 간기울결, 긴장·스트레스 상태
세맥: 혈허, 심리적 소모, 불안

그 손끝의 느낌은 마치 얇은 실이 갑자기 팽팽해졌다 풀리기를 반복하는 것 같았다.

감정의 체온

"요즘 자주 한숨이 나오지 않나요?"

"… 네. 잘 자지도 못하고, 아침에 일어나도 피곤해요."

"가슴이 답답하고, 별일 아닌데 눈물이 나죠?"

그녀는 고개를 떨구며 작게 대답했다.

"… 네."

이건 단순한 우울이 아니라, 기혈이 함께 약해지고 간기의 흐름이 막혀 생긴 심간불화(心肝不和) 상태였다.

치료

처방 방향

소간해울(疏肝解鬱)+보혈안신(補血安神)

시호, 향부자: 간기 풀기

당귀, 백작약: 혈 보강

산조인, 원지: 마음 안정

침 치료 부위

태충(太衝): 간기 순환

신문(神門): 불안 완화

삼음교(三陰交): 기혈 조화

"마음의 병은 몸의 맥에서 먼저 나타납니다. 긴장된 곳은 풀고, 부족한 곳은 채워야 진짜 웃음이 돌아올 거예요."

웃음의 온도

4주 뒤, 다혜는 여전히 웃으며 들어왔지만 이번엔 눈빛까지 따뜻했다.

"가슴이 한결 편해졌어요. 잠도 조금 늘었고요."

영희 원장이 맥을 짚으니, 팽팽하던 현맥이 부드러워지고, 세맥은 힘을 얻어 있었다.
손끝의 온기가 마음의 온기로 전해진 순간이었다.

13장

부맥(浮脈),
물 위에 뜬 기운

몸 위로 번지는 바람

늦겨울 아침, 진료실 문이 열렸다.

가영, 27세.

"원장님, 어젯밤부터 몸이 으슬으슬하고 목이 좀 칼칼해요."

그녀는 두꺼운 외투를 입었지만, 목덜미가 붉게 달아올라 있었다.

물 위에 떠 있는 맥

영희 원장이 손목에 손끝을 얹자, 살짝만 눌러도 맥이 또렷하게 튀어올랐다.

하지만 손을 깊이 누르면 맥의 힘이 약해졌다.

부맥(浮脈)이었다.

부맥(浮脈), 피부 가까이에서 뛰는 맥. 주로 외감(外感) 질환, 특히 감기·독감 초기에 나타난다.

그 감촉은 마치 바람이 불 때 수면 위로 일렁이는 물결 같았다.

몸 밖의 싸움

"혹시 열은 없는데, 오한이 드나요?"

"네, 몸이 춥고 두통도 좀 있어요."

"이건 몸이 밖에서 들어온 찬 기운과 싸우는 신호입니다."

부맥은 면역 시스템이 외부 병사와 맞서 싸우기 위해 표면으로 기운을 끌어올리는 상태였다.

치료

> **처방 방향**
>
> 해표산한(解表散寒)
>
> 형개, 방풍: 바깥의 찬 기운 몰아내기
>
> 생강, 대추: 몸 따뜻하게
>
> 박하: 인후부 시원하게
>
> **침 치료 부위**
>
> 합곡(合谷): 외감 해소
>
> 풍지(風池): 두통·오한 완화
>
> 열결(列缺): 폐 기운 강화

"이틀 안에 땀을 조금 내고, 몸을 쉬게 하세요. 감기는 길게 가기 전 초기에 막아야 합니다."

가라앉은 물결

사흘 뒤, 가영은 훨씬 개운한 얼굴로 들어왔다.

"땀이 나고 나서 몸이 가벼워졌어요."

영희 원장이 맥을 짚으니, 부맥이 사라지고 평탄한 완맥이 돌아와 있었다.
물 위에 떠 있던 기운이 이제 제 자리에 가라앉은 것이다.

14장

침세맥(沈細脈),
깊고 가느다란 그림자

겨울 속의 겨울

2월의 찬 바람이 문틈을 스며드는 오후, 미소, 41세가 두꺼운 패딩을 입고 들어왔다.

"원장님… 손발이 너무 차요. 자다가 종아리에 쥐가 나고, 생리 양도 적어요."

그녀의 목소리는 힘이 없고, 손끝은 얼음처럼 식어 있었다.

깊숙하고 가는 맥

영희 원장이 손목 위에 손끝을 얹었지만, 처음에는 맥이 느껴지지 않았다.

손가락을 깊게 눌러야 비로소 아주 가느다란 파동이 전해졌다.

침세맥(沈細脈)이었다.

침세맥(沈細脈), 깊이 눌러야 느껴지는 매우 가는 맥. 체내 한기(寒氣)가 깊이 잠복하거나 기혈이 모두 약한 상태에서 나타난다.

그 맥 결은 마치 얼어붙은 땅속의 실개천처럼, 가늘고 더딘 흐름을 이어 가고 있었다.

몸속에 갇힌 한기

"혹시 겨울에 증상이 더 심해지나요?"

"네, 발이 너무 시려서 양말 두 겹을 신어도 차요."

"평소 식사는 어떠세요?"

"찬 음식은 잘 안 먹는데, 체중이 점점 줄어요."

미소는 한기와 혈허가 함께 자리 잡은 전형적인 허한(虛寒) 체질이었다. 심부 온도가 낮아, 혈액 순환이 극도로 느려진 상태였다.

치료

처방 방향

온경산한(溫經散寒)+보혈(補血)

애엽, 육계, 건강: 한기 제거

당귀, 숙지황: 혈 보강

황기: 기력 회복

침 치료 부위

관원(關元), 기해(氣海): 기·혈·온기 강화

삼음교(三陰交): 하복부 순환

족삼리(足三里): 전신 기력 회복

"속을 먼저 덥혀야 합니다. 온찜질, 족욕을 매일 하고, 찬 음식은 완전히 끊으세요."

녹아내린 얼음

치료 6주째, 미소의 손발은 여전히 차가웠지만 그 강도가 한결 줄었다. 맥을 짚으니, 깊고 가느다랗던 침세맥이 조금은 힘과 두께를 되찾고 있었다.

겨울 속의 겨울이 서서히 녹아내리고, 봄의 조짐이 몸속에서 피어나고 있었다.

15장

대맥(大脈), 넓게 흐르는 강물

여유로운 듯 무거운 걸음

초여름, 창밖에서 매미 소리가 들려오기 시작한 날.

희정, 35세가 한의원 문을 열었다.

"원장님, 특별히 아픈 데는 없는데… 늘 몸이 무겁고, 부종이 심해요. 요즘은 발목이 자주 붓네요."

그녀는 천천히 그러나 무겁게 걸음을 옮겼다.

넓고 부드러운 맥

영희 원장이 손목 위에 손끝을 올리자, 맥이 넓고 부드럽게 손끝을 감쌌다.

밀려오는 힘은 강하지 않았지만, 폭이 크고 느긋했다.

대맥(大脈)이었다.

대맥(大脈), 폭이 넓고 크며 부드러운 맥. 건강한 체질의 사람에게도 나타나지만, 허약·비만·임신·체내 수분 과다 시에도 관찰된다.

그 맥은 마치 강폭은 넓지만 물살은 완만한 강물처럼 흘렀다.

넓은 속의 빈틈

"혹시 아침에 얼굴이나 손발이 붓나요?"

"네, 특히 여름에 더 심해요."

"소화는 어떤가요?"

"더부룩하고 속이 자주 답답해요."

희정의 대맥은 기와 혈의 밀도가 낮아 넓게 퍼진 상태였다.
이는 비위 기능 저하와 체내 수분 대사 장애로 인한 부종의 전형적인 맥상.

치료

> **처방 방향**
>
> 건비이습(健脾利濕)+기혈보강(氣血補强)
> 백출, 복령, 의이인: 습 제거
> 황기, 인삼: 기력 강화
> 당귀, 천궁: 혈액 순환
>
> **침 치료 부위**
>
> 족삼리(足三里), 비수(脾兪): 비위 강화
> 삼음교(三陰交): 하체 순환
> 수분(水分): 부종 완화

"넓은 강물도 수로가 막히면 고입니다. 물을 순환시켜야 몸이 가벼워집니다."

가벼워진 발걸음

치료 한 달 후, 희정의 부종은 절반 이상 줄어 있었다.

"아침에 발목이 덜 붓고, 걸을 때 발이 가벼워요."

영희 원장이 맥을 짚으니, 넓었던 대맥은 조금 더 탄력을 얻고 폭이 안정된 상태였다.
강물은 여전히 넓지만, 물살이 힘차게 흐르고 있었다.

16장

세맥(細脈), 작지만 남아 있는 숨결

잦아든 발걸음

늦가을 비가 부슬부슬 내리던 오후, 나영, 46세가 조심스럽게 문을 열고 들어왔다.

"원장님… 숨이 자주 차고, 오래 걷기가 힘들어요. 요즘은 식욕도 별로 없어요."

그녀는 마치 무거운 짐을 오래 들고 온 사람처럼 어깨가 축 처져 있었다.

작고 약한 맥

영희 원장이 손목 위에 손끝을 얹자 맥이 좁고 약하게, 마치 작은 도랑의 물처럼 조심스레 흘렀다.

폭도 좁고 힘도 약한 세맥(細脈)이었다.

소맥(細脈), 맥의 폭과 힘이 모두 작은 상태. 주로 기혈 양허, 만성 질환, 영양 결핍, 허약 체질에서 나타난다.

그 맥 결은 마치 숨이 끊기지 않으려고 간신히 이어 가는 생명의 신호 같았다.

잃어버린 힘

"혹시 최근에 큰 수술이나 병을 앓으셨나요?"

"2년 전에 위 절제 수술을 받았어요. 그 후로 살이 많이 빠졌어요."

"음식은 어떻게 드세요?"

"조금만 먹어도 속이 금방 불러요."

나영의 몸은 영양 흡수력이 떨어져 기와 혈을 충분히 만들지 못하고 있었다.
그 결과, 맥이 좁고 약해진 것이다.

치료

처방 방향

보중익기(補中益氣)+건비화위(健脾和胃)

인삼, 황기: 기력 회복

백출, 복령: 비위 강화

당귀, 숙지황: 혈 보강

침 치료 부위

족삼리(足三里), 위수(胃兪): 소화 흡수력 강화

관원(關元): 기력 보충

삼음교(三陰交): 기혈 조화

"작은 불씨도 바람을 막고 땔감을 보태면 다시 활활 타오릅니다. 조금씩, 천천히 몸을 키워 갑시다."

커지는 불씨

두 달 후, 나영은 예전보다 조금 더 힘 있는 걸음으로 들어왔다.

"예전보다 숨이 덜 차고, 밥맛도 돌아왔어요."

영희 원장이 맥을 짚으니, 좁고 약하던 세맥이 한층 두터워지고 탄력이 생겨 있었다.
작았던 불씨가 이제 온기를 품은 불꽃으로 자라나고 있었다.

17장

유맥(濡脈), 젖은 흙처럼 느슨한 힘

장마 끝의 습기

장마가 끝나 갈 무렵, 눅눅한 공기를 가르며 한 여성이 들어왔다.

지연, 40세.

"원장님… 몸이 늘 무겁고, 손발이 부어요. 비 오는 날은 더 피곤해요."

그녀의 목소리마저 습기를 머금은 듯 힘이 없었다.

느슨하고 약한 맥

영희 원장이 손목에 손끝을 올리자, 맥이 부드럽고 느슨하며 힘이 없었다.
가볍게 누르면 잡히지만, 깊이 누르면 금세 흩어져 버린다.

유맥(濡脈)이었다.

유맥(濡脈), 부드럽고 약하며 느슨한 맥. 주로 습담(濕痰), 빈혈, 기혈 허약, 만성 피로에서 나타난다.

그 감촉은 마치 장마 끝의 젖은 흙을 손끝으로 눌렀을 때처럼 축축하고 힘이 없었다.

습기의 덫

"혹시 몸이 무거워서 아침에 일어나기가 힘들지 않나요?"

"네, 특히 장마철에는 더 심해요."

"식사 후 자주 더부룩하거나 변이 묽은 편인가요?"

"맞아요."

지연의 유맥은 체내 수분이 정체되어 순환을 방해하는 전형적인 습담 체질을 나타내고 있었다.

치료

처방 방향

건비이습(健脾利濕)+익기보혈(益氣補血)

백출, 복령, 의이인: 습기 제거

황기, 인삼: 기력 회복

당귀: 혈 보충

침 치료 부위

족삼리(足三里), 비수(脾兪): 비위 기능 강화

삼음교(三陰交): 수분 대사 조절

수분(水分): 복부 부종 완화

"바람은 금세 흩어지지만, 습기는 오래 머물며 몸을 무겁게 합니다. 꾸준히 말려 주면 한결 가벼워질 거에요."

마른 흙처럼

치료 5주째, 지연은 더 가벼운 발걸음으로 진료실에 들어왔다.

"아침에 일어나기 훨씬 쉬워졌어요. 부종도 줄었고요."

영희 원장이 맥을 짚으니, 느슨하고 약하던 유맥이 조금은 탄력을 되찾아 있었다.
젖었던 흙이 햇볕을 받아 단단해진 순간이었다.

18장

약맥(弱脈), 가늘어진 기운

흐린 빛 속의 얼굴

늦은 봄, 비가 오기 직전의 흐린 하늘 아래, 소영, 37세가 문을 열고 들어왔다.

"원장님… 감기를 달고 살아요. 조금만 피곤해도 열이 나고, 손발이 차요."

그녀는 의자에 앉자마자 작게 한숨을 내쉬었다.

부드럽지만 힘없는 맥

영희 원장이 손끝을 올리자 맥이 부드럽게 손끝을 스쳤지만, 밀어 올리는 힘이 거의 없었다.

약맥(弱脈)이었다.

약맥(弱脈), 부드럽고 느리지만 힘이 없는 맥. 주로 기혈이 모두 부족하거나 장기 기능이 약한 상태에서 나타난다.

그 감촉은 마치 오래 사용한 붓끝처럼 부드럽지만 탄력이 없는 상태였다.

허약의 원인

"혹시 출산이나 큰 병 이후로 체력이 떨어졌나요?"

"둘째 낳고 나서 산후조리를 제대로 못 했어요. 그 뒤로 감기에 잘 걸려요."

"평소 소화는 어떤가요?"

"잘 안 되고, 먹으면 쉽게 체해요."

약맥은 기와 혈이 모두 약해진 상태에서 면역력까지 떨어진 전형적인 패턴이었다.

치료

처방 방향

익기보혈(益氣補血)+건비화위(健脾和胃)

인삼, 황기: 기력 보강

당귀, 숙지황: 혈 보충

백출, 진피: 비위 강화

침 치료 부위

관원(關元), 기해(氣海): 기·혈 보강

족삼리(足三里): 전신 강화

삼음교(三陰交): 하복부 혈류 개선

"약한 불씨는 금방 꺼집니다. 먼저 불씨를 강하게 만들어야 바람에도 견딜 수 있어요."

살아난 불씨

치료 8주째, 소영은 더 밝은 얼굴로 들어왔다.

"이번 봄에는 감기에 한 번도 안 걸렸어요. 아침에 일어나는 게 훨씬 수월해졌어요."

영희 원장이 맥을 짚으니, 힘없던 약맥이 조금은 탄력을 되찾고 있었다. 작은 불씨가 다시 온기를 품고 타오르기 시작한 순간이었다.

19장

긴맥(緊脈), 얼어붙은 줄

찬 기운이 감싼 몸

겨울 초입, 매서운 바람이 불던 날.

미란, 43세가 두꺼운 목도리를 두른 채 진료실로 들어왔다.

"원장님… 아랫배가 차갑고, 허리까지 뻣뻣하게 당겨요. 손발도 얼음 같아요."

그녀의 목소리는 단단하게 힘이 들어가 있었고, 표정 역시 경직돼 있었다.

차갑고 팽팽한 맥

영희 원장이 손목 위에 손끝을 얹자, 맥이 줄처럼 팽팽하게 손끝을 밀어 올렸다.

냉기가 묻어 있는 듯한 탄력, 마치 언 강 위의 밧줄을 잡는 듯했다.

긴맥(緊脈)이었다.

긴맥(緊脈), 팽팽하고 단단하며 차가운 기운이 느껴지는 맥. 주로 한사(寒邪) 침입, 통증, 혹은 긴장 상태에서 나타난다.

이 맥은 몸 안의 혈류가 차갑게 수축되어 길이 좁아진 상태를 보여 주고 있었다.

한기의 결박

"혹시 배나 허리가 찬 날씨에 더 아픈가요?"

"네, 추우면 통증이 심해져서 허리를 펴기 힘들어요."

"평소에도 추위를 잘 타는 편이죠?"

"네, 여름에도 손발이 차요."

긴맥은 차가운 한기와 근육 긴장이 동시에 자리 잡은 상태였다.
특히 자궁과 하복부의 순환이 막혀 여성 질환이나 통증으로 이어질 수 있었다.

치료

처방 방향

온경산한(溫經散寒)+활혈거어(活血祛瘀)

애엽, 육계, 건강: 깊은 한기 제거

당귀, 천궁: 혈액 순환

홍화: 어혈 풀기

침 치료 부위

관원(關元), 기해(氣海): 하복부 온기 강화

삼음교(三陰交): 자궁 혈류 개선

아시혈(阿是穴): 허리 통증 완화

"긴장된 몸을 풀어야 합니다. 아랫배를 따뜻하게 하고, 가볍게 움직여 굳어 있던 근육을 부드럽게 깨워 주세요."

풀린 매듭

치료 4주째, 미란의 허리는 훨씬 부드러워졌다.

"아랫배도 덜 차고, 허리 당김이 많이 사라졌어요."

영희 원장이 맥을 짚으니, 팽팽하던 긴맥이 부드럽게 풀려 있었다.
얼어붙은 줄이 서서히 녹아, 흐르는 강물처럼 변해 있었다.

20장

현긴맥(弦緊脈), 팽팽한 활과 얼어붙은 줄

두 겹의 긴장

늦겨울, 하얀 입김이 번지던 아침.

서진, 39세가 목을 움츠린 채 들어왔다.

"원장님… 어깨가 너무 뻣뻣하고, 목까지 뻐근해요. 밤에 자꾸 깨고, 자궁 쪽이 시립니다."

그녀의 걸음에는 힘이 있었지만, 움직임이 어딘가 경직돼 있었다.

두 가지 맥이 한 손목에

영희 원장이 손목 위에 손끝을 올리자, 첫 느낌은 활시위를 팽팽하게 당긴 듯한 현맥(弦脈), 그 안쪽에는 냉기가 서린 줄처럼 차갑고 단단한 긴맥(緊脈)이 숨어 있었다.

현맥(弦脈), 줄을 당긴 듯 단단하고 곧은 맥. 간기울결·스트레스·긴장 상태에 나타난다.
긴맥(緊脈), 차갑고 팽팽한 맥. 한사 침입, 근육 수축, 통증 상태에 나타난다.

그 조합은 팽팽한 활결 속에 얼어붙은 줄이 포개져, 두 겹의 긴장을 드러내고 있었다.

냉기와 긴장의 공존

"혹시 스트레스를 많이 받고 있나요?"

"… 네, 회사 일이 너무 많아요. 겨울만 되면 몸도 차가워지고, 생리통이 심해져요."

"어깨 결림이 심할 때는 두통도 있죠?"

"맞아요."

서진의 몸은 스트레스와 냉기가 동시에 자리 잡아, 근육과 혈관이 이중으로 조여진 상태였다.

치료

처방 방향

소간이기(疏肝理氣)+온경산한(溫經散寒)+활혈(活血)

시호, 향부자: 간기 순환

애엽, 육계: 한기 제거

당귀, 천궁: 혈액 순환

침 치료 부위

태충(太衝): 간기 순환

삼음교(三陰交): 하복부 혈류 개선

풍지(風池), 견정(肩井): 목·어깨 긴장 완화

"팽팽한 줄을 풀면서 얼음을 녹여야 합니다. 스트레칭과 온찜질을 병행하세요."

부드러워진 흐름

치료 5주째, 서진의 어깨는 한결 가벼워졌고, 생리통도 절반 이상 줄었다.

영희 원장이 맥을 짚으니 현맥의 팽팽함이 완만해지고, 긴맥의 냉기가 사라지고 있었다.

이중으로 조여 있던 활과 줄이 풀리자, 몸속 강물은 다시 부드럽게 흐르기 시작했다.

21장

삭현맥(數弦脈), 팽팽하게 달리는 줄

과열된 하루

여름 끝자락, 뜨거운 공기가 여전히 남아 있던 오후.

하린, 32세가 빠른 걸음으로 진료실에 들어왔다.

"원장님, 요즘 가슴이 자주 두근거리고, 잠이 잘 안 와요. 회사 일 때문에 머리가 늘 복잡해요."

말하는 속도도 빠르고, 호흡도 거칠었다.

빠르고 팽팽한 맥

영희 원장이 손목 위에 손끝을 올리자, 맥이 팽팽하게 당겨진 상태로 빠르게 뛰고 있었다.

마치 활시위를 당긴 채 쉼 없이 달려가는 듯한 느낌.

삭현맥(數弦脈)이었다.

삭맥(數脈), 정상보다 빠른 맥. 열성 질환, 음허화왕, 긴장 상태에서 나타난다.

현맥(弦脈), 팽팽하고 곧은 맥. 간기울결, 스트레스, 긴장·분노 상태에서 나타난다.

이 조합은 몸과 마음이 모두 과열된 상태를 의미했다.

불타는 간기

"혹시 밤에 자다가 자주 깨나요?"

"네, 새벽 3~4시면 꼭 눈이 떠져요."

"그때 머리가 복잡하고, 다시 잠이 잘 안 오죠?"

"맞아요."

삭현맥은 간열(肝熱)과 스트레스가 겹쳐서 발생하는 경우가 많다. 간의 기운이 울체되면 열이 위로 치솟고, 심장이 과도하게 뛰게 된다.

치료

처방 방향

청간사화(淸肝瀉火)+안신(安神)

시호, 치자: 간열 해소

황련: 심열(心熱) 내림

산조인, 원지: 불면 완화

침 치료 부위

태충(太衝): 간기 순환

신문(神門): 심신 안정

내관(內關): 심계 완화

"몸과 마음이 달리기만 하면 결국 지칩니다. 속도를 줄이고, 불을 내려야 합니다."

느려진 발걸음

치료 4주째, 하린의 맥은 여전히 곧았지만 속도가 한결 완만해졌다.

"요즘은 새벽에 깨는 날이 줄었어요. 가슴 두근거림도 덜하고요."

팽팽하게 당겨진 채 달리던 맥이 이제는 제자리를 찾고, 호흡도 고르게 이어지고 있었다.

22장

완실맥(緩實脈), 느린 무게

무거운 하루

초가을, 하늘은 높고 바람은 선선했지만, 은정, 49세의 표정은 무거웠다.

"원장님, 몸이 항상 답답하고 무거워요. 배가 자주 부르고, 변이 시원하게 안 나와요."

그녀는 걸을 때도 숨이 조금씩 가빴다.

느리지만 힘이 가득한 맥

영희 원장이 손목 위에 손끝을 얹자, 맥이 느리고 완만하게 흐르지만, 밀어 올리는 힘이 묵직했다.

완실맥(緩實脈)이었다.

완맥(緩脈), 느리고 부드러운 맥. 기혈이 안정되거나 혹은 비위 허약 시 나타난다.
실맥(實脈), 힘이 가득하고 단단한 맥. 열·담·어혈·체내 정체에서 나타난다.

두 맥이 함께 나타나면 내부에 무언가 막혀 기운이 돌지 못하고, 체중 증가나 부종감, 전신의 무거움을 유발한다.

막힌 흐름

"혹시 체중이 조금씩 늘고 있나요?"

"네, 살이 찌는 건 아닌데, 몸이 붓는 것 같아요."

"특히 소화가 잘 안되거나 가스가 자주 차죠?"

"맞아요. 늘 배가 더부룩해요."

완실맥은 **담적(痰積)**과 비위 불화의 전형적인 신호였다. 비위에 담이 쌓이면 소화 흡수가 떨어지고, 전신 순환이 막힌다.

치료

처방 방향

건비화담(健脾化痰)+이기소적(理氣消積)

반하, 진피: 담 제거

백출, 복령: 비위 기능 강화

후박, 산사: 소화 개선

침 치료 부위

족삼리(足三里), 중완(中脘): 소화력 강화

비수(脾兪): 비위 보강

천추(天樞): 장 기능 조절

"느리고 무거운 흐름은 길을 뚫어야 바뀝니다. 소화부터 편안하게 만들어야 해요."

가벼워진 흐름

치료 6주째, 은정의 걸음은 한결 가벼워졌다.

"배가 편하고, 변도 잘 나와요. 몸이 덜 무겁네요."

영희 원장이 맥을 짚으니 완실맥의 묵직함이 풀리고, 탄력 있는 장맥으로 변해 있었다.
막혀 있던 강물에 드디어 길이 열린 것이다.

23장

활맥(滑脈),
구슬이 구르는 길

부드러운 미끄러짐

늦봄, 따뜻한 바람이 스며드는 오후.

연주, 29세가 수줍게 문을 열고 들어왔다.

"원장님… 요즘 자꾸 속이 더부룩하고, 메스꺼울 때가 있어요. 그리고… 임신한 것 같아요."

그녀는 배를 조심스럽게 감싸며 앉았다.

매끄럽게 이어지는 맥

영희 원장이 손목 위에 손끝을 얹자, 맥이 매끄럽게 손끝을 타고 흘렀다. 마치 구슬이 비탈길을 굴러 내리는 듯, 걸림이 전혀 없었다.

활맥(滑脈)이었다.

활맥(滑脈), 부드럽고 매끄럽게 이어지는 맥. 주로 임신, 담음(痰飮), 소화기 질환, 혹은 대사 증후군 초기에 나타난다.

이 부드러운 흐름은 임신 초기 여성에서 흔히 관찰되는 맥상이었다.

새로운 생명의 신호

"혹시 검사해 보셨나요?"

"아직이요…. 무섭기도 하고, 설레기도 해서요."

"활맥은 새 생명이 자궁 속에서 잘 자리 잡았다는 신호일 수 있어요."

하지만 활맥은 임신 외에도 담음이나 소화 장애에서도 나타날 수 있으니 맥만으로 단정하진 않고, 진찰과 검사를 병행해야 했다.

치료

처방 방향

안태(安胎)+화위(和胃)

속단, 아교: 자궁 안정

진피, 반하: 위장 기능 조절

황기: 기력 보강

침 치료 부위

관원(關元): 자궁 강화

족삼리(足三里): 소화력 보강

삼음교(三陰交): 혈액 순환

"이 시기에는 몸을 무리하지 말고, 스트레스도 최소화하세요. 소화가 편해야 아기도 편합니다."

구르는 구슬

3주 뒤, 연주는 환한 미소로 들어왔다.

"임신이 맞았어요. 입덧은 조금 있지만, 컨디션은 괜찮아요."

영희 원장이 맥을 짚으니, 여전히 부드럽고 매끄러운 활맥이 손끝을 타고 흘렀다.
그 흐름 속에서 작은 생명이 조용히 자라고 있었다.

24장

삽활맥(澁滑脈), 매끄러운 길 위의 돌멩이

애매한 불편함

늦여름 저녁, 습기가 가득한 공기를 가르며, 유진, 42세가 들어왔다.

"원장님… 속이 더부룩하면서도 가끔은 날아갈 듯 가벼운데, 배가 종종 뻐근해요."

겉으로는 건강해 보였지만, 표정에 미묘한 피로감이 서려 있었다.

부드러움 속의 거침

영희 원장이 손목에 손끝을 얹자, 맥은 한동안 매끄럽게 흐르다가 갑자기 작은 돌에 걸린 듯 거칠어졌다.
다시 부드럽게 이어지다 또 걸리는 패턴.

삽활맥(澁滑脈)이었다.

삽맥(澁脈), 거칠고 끊기는 맥. 어혈·혈허·순환 장애 시 나타난다.
활맥(滑脈), 부드럽고 매끄러운 맥. 임신·담음·풍부한 기혈에서 나타난다.

이 둘이 섞인 삽활맥은 내부에 순환이 원활한 부분과 막힌 부분이 공존하는 복합적 상태를 의미한다.

복합적인 원인

"혹시 소화는 잘되나요?"

"좋을 땐 좋은데, 가끔은 체해서 속이 멈추는 것 같아요."

"생리통이나 덩어리는요?"

"네, 가끔 덩어리가 나와요."

유진의 경우, 담음과 어혈이 동시에 존재했다.
위장 기능이 좋은 날은 활맥이 나타나고, 혈액 순환이 막히게 되면 삽맥으로 변하는 것이다.

치료

처방 방향

화담거어(化痰祛瘀)+조화기혈(調和氣血)

반하, 진피: 담 제거

당귀, 천궁, 홍화: 어혈 제거

백작약: 간혈 조화

침 치료 부위

족삼리(足三里): 소화 기능 강화

혈해(血海): 혈액 순환 개선

삼음교(三陰交): 기혈 조화

"매끄러운 길에 있는 돌멩이를 치워야 합니다. 돌이 없어야 길이 계속 이어집니다."

고르게 흐르는 길

치료 6주째, 유진의 배 뻐근함과 더부룩함은 거의 사라졌다. 맥을 짚으니, 중간에 걸리던 부분이 부드럽게 이어졌다.

길 위의 돌멩이가 사라져 구슬이 매끄럽게 굴러가는 모습이 손끝에서 그려졌다.

25장

허실착잡맥(虛實錯雜脈), 비어 있고 막혀 있는 몸

모순된 증상

초봄, 찬바람이 아직 남아 있던 오후.

채민, 45세가 진료실에 들어섰다.

"원장님, 저는 몸이 늘 피곤하고 추운데, 얼굴은 자주 붉어지고 열이 나요. 가끔은 속이 쓰리고, 배도 더부룩합니다."

말만 들어도 상반된 증상이 섞여 있었다.

허와 실이 공존하는 맥

영희 원장이 손목에 손끝을 얹자 일부 구간은 단단하고 힘 있게 솟구쳤지만, 다른 구간은 힘이 빠져 있었다.

밀려올 때는 강하지만, 빠질 때는 가볍게 가라앉는 맥 결.

허실착잡맥(虛實錯雜脈)이었다.

허맥(虛脈), 힘이 없고 느슨한 맥. 기혈 부족 상태.
실맥(實脈), 힘이 가득하고 단단한 맥. 열·담·어혈 정체 상태.

두 맥이 번갈아 나타나면 몸의 일부는 에너지가 부족하고, 일부는 막혀서 정체된 상태임을 의미한다.

상반된 몸의 사인

"혹시 체중은 변동이 있나요?"

"살이 조금 빠졌는데, 배는 항상 불러 있어요."

"밤에 얼굴이 달아오르면서도 손발은 차죠?"

"네, 딱 그래요."

이는 비위가 약해 영양 공급이 충분하지 못한 동시에, 간과 위쪽에는 열과 담적이 정체된 상태였다.

치료

처방 방향

보중익기(補中益氣)+청열화담(清熱化痰)+활혈거어(活血祛瘀)

황기, 인삼: 허한 부위 기력 보충

황련, 치자: 상부 열 내려주기

당귀, 천궁: 혈액 순환 개선

침 치료 부위

족삼리(足三里): 전신 강화

중완(中脘): 소화 기능 회복

태충(太衝): 간기 순환

삼음교(三陰交): 혈액 순환

"비어 있는 곳은 채우고, 막힌 곳은 풀어야 합니다. 둘 중 하나만 해결하면 다시 균형이 무너집니다."

균형의 회복

치료 8주째, 채민의 얼굴 붉어짐이 줄고, 배의 더부룩함도 완화됐다.

맥을 짚으니 허한 부위와 실한 부위의 차이가 줄고, 고른 완맥이 나타났다.

몸속의 모순이 서서히 풀리며 균형이 회복되고 있었다.

26장

촉맥(促脈), 불안한 가속

예고 없는 두근거림

늦은 저녁, 진료실 문이 급히 열렸다.

선아, 36세가 숨을 고르며 앉았다.

"원장님… 갑자기 심장이 두근거리고, 숨이 가빠요. 지난주에도 이런 증상이 있어서 응급실까지 갔었어요."

그녀의 손끝은 땀에 젖어 있었고, 표정엔 불안이 가득했다.

불규칙한 속도

영희 원장이 손목 위에 손끝을 얹자, 맥은 빠르지만 일정하지 않았다. 빠르게 달리다 잠깐 걸려서 비틀거리는 듯한 흐름.

촉맥(促脈)이었다.

촉맥(促脈), 맥이 빠르면서 불규칙하게 뛰는 맥. 주로 심열(心熱), 기혈 울결, 심장 기능 이상, 불안·공황 상태에서 나타난다.

이 맥은 마치 일정한 박자를 잃은 북소리처럼 들쭉날쭉했다.

불안의 뿌리

"혹시 요즘 스트레스가 많거나, 잠이 부족한가요?"

"네…. 야근이 계속되고, 커피를 많이 마셔요. 밤에 잘 때도 심장이 쿵쿵거려서 깨요."

선아의 증상은 교감신경 항진과 심장의 열이 겹친 전형적인 패턴이었다.

치료

처방 방향

청심안신(淸心安神)+조율심기(調律心氣)

황련, 연자심: 심열 내림

산조인, 원지: 불안 완화

맥문동: 음 보충, 심기 안정

침 치료 부위

신문(神門): 심신 안정

내관(內關): 심계·호흡 조절

태계(太谿): 신음 보강

"심장은 쉬어야 리듬을 찾습니다. 카페인을 줄이고, 취침 전 심호흡과 명상을 하세요."

되찾은 박자

치료 4주째, 선아의 맥은 여전히 조금 빠르지만, 불규칙성이 줄어 있었다.

"밤에 깨는 날이 줄었어요. 심장 두근거림도 덜하고요."

손끝에 전해지는 맥 결은 규칙적인 박자를 되찾아가고 있었다.
불안한 가속이, 이제 안정된 흐름으로 변해가고 있었다.

27장

결맥(結脈), 멈추는 심장

뜻밖의 공백

늦가을, 바람이 차가워진 오후.

미정, 54세가 조심스레 문을 열었다.

"원장님… 가끔 가슴이 '텅' 비는 것처럼, 심장이 한 박자 쉬는 것 같아요. 어지럽거나 숨이 차기도 해요."

그녀는 말하는 도중에도 잠시 숨을 고르며 손을 가슴에 얹었다.

느리고 멈추는 맥

영희 원장이 손목 위에 손끝을 올리자, 맥은 느리게 흐르다, 갑자기 멈췄다가 다시 이어졌다.
그 간격이 길 때는 손끝에서 공기가 빠져나간 듯 허전했다.

결맥(結脈)이었다.

결맥(結脈), 느리면서 불규칙하게, 때때로 멈추는 맥. 주로 기혈 울결, 한담(寒痰), 심장 기능 저하, 혹은 정서적 충격 후에 나타난다.

이것은 단순한 피로의 신호가 아니라, 몸과 마음 모두에서 경고등이 켜졌음을 의미했다.

막힌 흐름의 원인

"혹시 최근에 큰 걱정이나 놀랄 일이 있었나요?"

"… 남편이 크게 아파서… 몇 달 동안 돌보다 보니, 제 몸을 돌볼 겨를이 없었어요."

정서적 충격과 장기간의 긴장 그리고 피로 누적이 심장의 리듬을 깨뜨린 것이다.

치료

처방 방향

온양거한(溫陽祛寒)+이기활혈(理氣活血)+안신(安神)

부자, 육계: 한기 제거, 심양 보강

당귀, 홍화: 혈액 순환 개선

산조인, 원지: 심신 안정

침 치료 부위

신문(神門): 심신 안정

내관(內關): 심계 조절

관원(關元): 원기 회복

극문(郄門): 심장 기능 강화

"맥이 멈추는 순간, 몸은 무언가를 기다리고 있는 겁니다. 그 공백을 줄이고, 다시 흐름을 이어 줘야 합니다."

잇는 숨결

치료 8주째, 미정은 "요즘은 가슴이 덜 멎는 것 같아요. 어지럼증도 줄었어요."라고 말했다.

손끝에 전해지는 맥은 여전히 느렸지만, 멈춤의 간격이 짧아져 있었다.

심장은 서서히 박자를 되찾고, 생명은 다시 고르게 이어지고 있었다.

제3부

한의학적
통합 관리

맥상별 치료 원칙

(1) 장맥(長脈)
한약: 기혈을 보하고, 장수·양생을 돕는 처방
십전대보탕, 생맥산, 귀비탕
침 치료: 족삼리, 삼음교, 기해- 전신 기혈 보강
생활 관리: 규칙적인 수면·운동, 과로 피하기

(2) 침맥(沈脈)
한약: 한습 제거, 순환 촉진
진무탕, 영계출감탕
침 치료: 관원, 신수, 기해 - 심부 순환 활성
생활 관리: 하체 온찜질, 따뜻한 음식 섭취

(3) 활맥(滑脈)
한약: 임신 시 안태약, 담음 시 화담약
안태음, 반하백출천마탕
침 치료: 삼음교, 관원, 중완 - 자궁 안정·소화 조절
생활 관리: 기름진 음식 피하고, 스트레스 완화

(4) 삽맥(澁脈)
한약: 활혈·보혈 병행
당귀작약산, 혈부축어탕

침 치료: 혈해, 삼음교, 간수- 혈 순환 개선

생활 관리: 유산소 운동, 혈액 순환에 좋은 음식 섭취

(5) 부맥(浮脈)

한약: 표증 해소, 외감 치료

은교산, 형방패독산

침 치료: 합곡, 열결, 족삼리 - 면역·발한 조절

생활 관리: 외부 찬바람 피하고 충분한 수분 섭취

여성 질환별 맥 패턴 분석

질환	주요 맥상	한의학적 의미
월경불순	현맥, 삽맥, 허맥	간기울결, 어혈, 기혈허
월경과다	홍맥, 실맥	열성 혈분증, 어혈
월경통	삽맥, 현맥, 침맥	한응혈체, 간울
불임	침맥, 세맥, 허맥	신허, 혈허, 자궁 한랭
임신 초기 불안정	활맥, 삽맥	안태 불안, 어혈 동반
산후 허약	허맥, 미맥, 단맥	기혈 손상, 음허
폐경기 증상	세맥, 홍맥, 현맥	음허화왕, 간기울결
갱년기 우울·불면	세맥, 현맥, 촉맥	심비양허, 간울화화

맥과 심리

(1) 감정이 만드는 맥의 변화

분노 → 현맥, 홍맥 (간기울결·간화상염)

슬픔 → 세맥, 침맥 (폐기허·기체)

불안 → 촉맥, 세현맥 (심기불안·심열)

우울 → 완맥, 침맥, 허맥 (기허·기체·담음)

(2) 심리 변화가 질환으로 이어지는 과정

장기간의 감정 억압 → 간기울결 → 어혈·담음 → 여성 생리 문제

불안·공황 → 교감신경 항진 → 심열·촉맥 → 불면·심계

자가 관리법: 기혈 순환을 돕는 생활 습관과 호흡법

(1) 생활 습관

규칙적인 수면: 밤 11시 이전 취침, 7~8시간 숙면

적정 운동: 하루 30분 걷기, 주 2~3회 요가·기공

온열 관리: 하체 온찜질, 복부 따뜻하게 유지

(2) 식이 습관

혈 순환 촉진 식품: 생강, 대추, 흑임자

기혈 보강 식품: 인삼, 황기, 당귀

스트레스 완화: 명상·호흡·독서·취미 생활

(3) 호흡법- 단전 호흡

자세: 편안히 앉아 어깨·목의 긴장을 푼다.

호흡: 코로 천천히 4초간 들이마시며 아랫배가 부풀게 한다. 6~8초간 입으로 부드럽게 내쉰다. 하루 10분, 아침·저녁 1회씩 시행.

효과: 부교감신경 활성, 심박 안정, 맥의 규칙성 회복

에필로그

맥을 읽는다는 것은, 삶을 읽는 것.
맥은 단순히 혈관 속을 흐르는 파동이 아니다.
그 안에는 그 사람의 숨, 기운, 감정 그리고 살아온 시간이 함께 흐른다.

여성의 맥은 계절처럼 변한다.
봄의 설렘처럼 빠르고 가벼울 때도 있고, 여름의 장마처럼 무겁고 더딜 때도 있다.
가을의 바람처럼 고요하다가도 겨울의 강물처럼 깊이 잠기기도 한다.

진맥은 그 변화를 읽는 일이다.
손끝으로 느껴지는 온기와 맥 결 속에서 몸이 말하지 못한 고백을 듣고, 마음이 숨겨 둔 이야기를 알아차린다.

여성의 몸과 마음은 결코 따로 움직이지 않는다.

몸이 막히면 마음이 갇히고, 마음이 풀리면 몸의 흐름도 함께 부드러워진다.

그러므로 맥을 읽는다는 것은 한 사람의 삶 전체를 조용히 읽어 내려가는 일이다.

이 책에 담긴 모든 이야기는 그 삶의 한 장면이며, 한 번의 진맥은 그 장면을 이어 주는 다리다.

여성의 몸과 마음은 언제나 하나의 흐름 안에서 살아간다.

그리고 그 흐름은, 오늘도 조용히 맥 속에서 말을 걸어온다.